DISCOURS EN VERS.

PARIS.

—

1840

Au Roi.

→→)-()()-(←←

Le Parnasse français a-t-il donc à la fois
Perdu le souvenir et la lyre et la voix,
Philippe! et nul poète, en son mutisme étrange,
N'a trouvé sous sa plume un vers à ta louange!
Que font donc nos auteurs? leur est-il défendu,
Par arrêt de la Cour, d'honorer ta vertu?
Le peuple rimailleur qui dispense la gloire
Peut-être attend de toi l'éclat d'une victoire.
Non, non, il n'a pu voir, sans en être touché,
Tant de bien accompli, tant de mal empêché.
Que font Soumet le tendre et Viennet le caustique,
Le transfuge Ancelot et Bignan l'homérique;

Lavigne, au style pur, dont la noble douleur
De nos jours de revers consola le malheur ;
Hugo, ce fier vainqueur de la gênante rime,
Qui fabrique son vers sans rabot et sans lime ;
Dumas, génie ardent, impatient du frein
Qu'impose la décence au plus libre écrivain ;
Et le vieux Lormian, qui peut vanter encore
La palme d'Omasis dont son front se décore ;
Saintine avec Soulier, et ces deux Provençaux
Qu'un même esprit anime et qu'on dirait jumeaux ;
Et le grand Lamartine, auteur de belles pages,
Qui veut gravir le ciel et s'arrête aux nuages ?
Ils n'osent.... Vingt journaux viendraient chaque matin
Sur leurs noms honorés distiller le venin.
Privé de leurs talens, je n'aurai point leur crainte,
Et mon obscurité peut braver toute atteinte.
L'anonyme prudent qui permet sans danger
De mentir hautement, d'insulter, d'outrager,
Servira cette fois à rendre avec largesse
L'hommage mérité par la haute sagesse.
Que mon exemple apprenne au plus timide auteur
Qu'on peut louer beaucoup sans être un vil flatteur.

Aux premières lueurs de notre indépendance,
L'Europe conjurée ose envahir la France,
Et tu veux des premiers marcher à l'ennemi
Que ton bras combattit aux plaines de Valmy.

Quand le règne abhorré d'une sanglante ivresse
Aux tourmens de l'exil condamna ta jeunesse,

Trop fier pour imiter les princes de ton sang,
Trop sage pour ramper sous l'orgueil de ton rang,
On te vit, d'un courage aussi noble qu'utile,
Demander au travail ton pain et ton asile;
Et, sous l'humble châlet du Suisse hospitalier,
Tu sus beaucoup apprendre et beaucoup oublier.
Le malheur, d'une main importune et sévère,
Nous verse ses bienfaits dans une coupe amère;
Mais son école est propre à former un grand roi,
Et ton aïeul Henri l'a prouvé comme toi.

Tout change; l'aigle altier qui lançait le tonnerre,
Dont le sublime vol planait sur l'hémisphère,
Tombe... et soudain vingt rois que son aile a chassés
Au trône paternel se trouvent replacés.
Comme un fils vole aux bras d'une mère chérie,
Tu rentras avec joie au sein de ta patrie;
Heureux de ton retour, mais en versant des pleurs,
D'en attacher la date au jour de nos malheurs.

D'un œil intelligent, tu parcourus la France,
En observant ses mœurs, sa nouvelle croyance;
Et tu compris d'abord que du régime ancien,
Aboli pour jamais, il ne restait plus rien.
A ces grands changemens ta raison préparée
En jugea sainement la force et la durée.

Bientôt tes nobles fils, mêlés à nos enfans,
Loyalement rivaux, vaincus ou triomphans,

Descendaient avec eux dans la lice publique,
Et briguaient à l'envi la palme académique.

Et toi, sous les lambris de ce Palais-Royal,
Qu'éleva Richelieu, l'acerbe cardinal,
Tu ne réduisais pas ta nouvelle existence
A jouir d'un vain luxe au sein de l'indolence.
Ce célèbre palais, le chef-lieu de Paris,
Expirait étouffé sous d'ignobles abris.
Dépouillé de sa gloire, il invoquait un maître
Par qui de ses beaux jours la splendeur pût renaître.
Tu le voulus : Fontaine, armé de son compas,
Au milieu du chaos s'élance sur tes pas :
De son marteau vengeur il abat ces masures
Qui révoltaient les yeux de leurs lignes impures,
Et bientôt son génie enchante nos regards
Par l'ensemble pompeux du plus beau des bazars.

C'était peu d'écouter ton goût d'architecture,
Il fallait à ton ame une autre nourriture ;
Il fallait aux beaux-arts prodiguer tes bienfaits,
Les pousser à l'étude, à la gloire, aux progrès.
Il fallait, d'une main généreuse et discrète,
Arracher le malheur à sa triste retraite,
Le relever, lui rendre un courage abattu,
Et de son désespoir préserver la vertu.
Tu protégeas surtout ces hommes de courage,
Ces glorieux débris d'un illustre naufrage,

Dont un pouvoir jaloux méconnaissait les droits.
Ils purent, toi présent, raconter leurs exploits,
Dans vingt ans de combats rappeler leurs services,
Et de leur sang versé montrer les cicatrices.

Utile et bienfaisant, content de ton destin,
Tu n'éprouvas jamais l'ambitieux chagrin
Jusqu'au bandeau royal d'élever ta fortune.
Quelques esprits ardens, que la paix importune,
Du suprême pouvoir te présentaient l'appât
Pour obtenir de toi l'aveu d'un attentat ;
De ces lâches complots ton oreille offensée,
A ton ame jamais n'en transmit la pensée.

Jours heureux de Neuilly, si calmes, si constans,
Coulez avec lenteur et suspendez le temps !
Comme une faible source, étanchez goutte à goutte
La soif du voyageur fatigué de sa route.
Elle doit être longue encore, et le chemin
Sera plus rude au soir qu'il ne fut au matin.

Dès long-temps obscurci par un sombre nuage,
L'horizon de la France annonçait un orage.
Le monarque débile était sourd à la voix
Des grands corps établis pour défendre nos droits.
D'ineptes conseillers égarent sa faiblesse :
De l'absolu pouvoir il veut goûter l'ivresse,

Et, brisant toute entrave à son autorité,
Il viole des lois la sainte majesté.
Paris s'en est ému ; tout son peuple en alarmes,
De tous ses instrumens se fait d'utiles armes.
La révolte est partout ; la ville, les faubourgs,
Agités, réunis, par le bruit des tambours,
Ces flots tumultueux d'une foule craintive,
L'autorité muette et la justice oisive ;
Les ateliers déserts, les ouvriers épars ;
Les pavés arrachés qu'on élève en remparts,
Le désordre, les cris, offrent la vive image
D'une ville assiégée et promise au pillage :
Tant l'invincible horreur des iniques décrets
Impose le silence aux plus chers intérêts !

Cependant des soldats la troupe obéissante
Oppose sa tactique et sa force imposante.
On se bat : tout à coup le signe aux trois couleurs
D'un héroïque élan fait bondir tous les cœurs.
A l'aspect du drapeau qui vit les Pyramides,
Les plus braves soldats cessent d'être intrépides ;
Ce talisman fatal a glacé leur valeur.
D'un combat sacrilége en pleurant le malheur,
Ils reculent : en vain du devoir militaire
Leur chef fait retentir la voix forte et sévère ;
Il n'est plus écouté, quand l'honneur le défend :
Toute lutte a cessé, le peuple est triomphant.
Cher et noble drapeau, ta plus belle victoire
D'une page immortelle enrichit notre histoire !

Et le roi déplorable , en trois jours détrôné ,
D'une voix unanime à l'exil condamné ,
Pour la troisième fois doit subir la misère
De chercher un abri sur la rive étrangère !
Mes yeux , mes yeux l'ont vu traverser lentement
Des flots de citoyens muets d'étonnement ,
Qui regardaient passer avec indifférence
La justice du peuple , ou plutôt sa clémence.
Du cortége funèbre , obsèques d'un vivant ,
Nos regards offensaient le deuil en le suivant.
Et moi , quand je voyais tant de splendeur éteinte ,
Sur les traits d'un vieillard tant de douleur empreinte ,
Et sous ses cheveux blancs son front humilié ,
Lois , parjure , attentat , j'avais tout oublié.

Eh ! qui recueillera son fatal héritage ?
Du vaisseau de l'état, menacé du naufrage ,
Qui prendra le timon? qui tentera l'effort
D'échapper à l'abîme et de surgir au port?
Philippe d'Orléans, le peuple te désigne ;
Son infaillible instinct te juge le plus digne ;
Il te condamne au trône et remet en ta main
Le dangereux dépôt du pouvoir souverain.
Il faut régner, Philippe ; il faut à ta patrie
Immoler le repos , le bonheur de ta vie.

Dans ces temps orageux , quel autre aurait osé
Se placer sur un trône à la foudre exposé ,

Dont l'histoire vivante, en désastres féconde,
A d'une triple chute épouvanté le monde?
Le péril est immense, et tu veux le braver.
De l'horrible anarchie il fallait nous sauver,
Ramener dans son lit le torrent populaire,
Et de ses flots émus apaiser la colère.
Ce n'était point assez : les princes absolus,
A leur vieux droit divin ne se confiant plus,
S'indignaient du succès de notre juste audace,
Et leur orgueil blessé murmurait la menace.
L'éloquente raison de tes nobles accens
Calme de leur dépit les conseils imprudens ;
Ils n'osent affronter, en insultant la France,
Un million de bras armés pour sa défense,
Et ta fière attitude affermit les bienfaits
De notre indépendance et d'une heureuse paix.

La paix! espoir trompeur! son étoile chérie
Ne devait point encor briller sur la patrie.
Le soleil de juillet, sous ces brûlans rayons,
Avait fait bouillonner toutes les passions.
Sur les débris d'un trône, une ardente jeunesse
Se croyait aux beaux jours de Rome et de la Grèce,
Et le vague désir d'un changement nouveau
Agitait follement son mobile cerveau.
Mais des vieux jacobins la sombre politique
A ces esprits légers prêchait la république,
Le règne des vertus, l'égalité des biens,
Le pouvoir tout entier aux mains des citoyens,
L'âge d'or renaissant chez un peuple de frères,
Et tous les lieux communs des jongleurs populaires.

Trop faibles pour agir, ils grossissent leurs rangs
De tout ce que Paris a d'obscurs mécontens.
Fainéans, débauchés, vagabonds, misérables,
Sont jugés les meilleurs pour devenir coupables.

Dans un club ténébreux en secret amenés,
Par d'horribles liens ils se sont enchaînés;
C'est un serment de mort, de crime, de pillage.
Cet étendard sanglant, symbole de leur rage,
Que les septembriseurs déployaient autrefois,
Doit flotter sur leurs têtes et guider leurs exploits.
Tout est prêt, l'ordre vient, la guerre est déclarée,
Le trône est en péril, sa ruine est jurée.

Voilà donc le parti d'ignobles factieux
Qui prétend nous soumettre à son joug odieux,
Et ramener ces jours d'atroces saturnales
Qui de quatre-vingt-treize ont souillé les annales!
La France vainement t'a proclamé son roi,
Devant ce groupe abject, Philippe, abaisse-toi;
Cours, sous ses pieds fangeux déposer ta couronne;
Le peuple souverain par sa bouche l'ordonne.
La presse est le hérault qui te le fait savoir.

Résister est un droit, et c'était ton devoir.
Ton cœur est déchiré, ta bonté paternelle
Gémit sur des ingrats en révolte contre elle.

Il faut tirer le glaive ; en ce fatal moment
Contre ces forcenés c'est l'unique argument.

L'émeute se présente horrible, échevelée,
L'œil en feu, les bras nus et de fange souillée,
Hurlant *la Liberté* comme un cri de terreur.
C'est aux bons citoyens d'arrêter sa fureur.
Du repos de Paris cette garde fidèle
Répond sans hésiter au tambour qui l'appelle ;
Elle arrive, se montre, et son sévère aspect
Aux fiers républicains n'imprime aucun respect.
L'émeute veut du sang, son atroce délire
S'irrite et s'enhardit par l'horreur qu'elle inspire.
Plus de frein : le bourgeois, de sa maison chassé,
Par des bandits armés s'y trouve remplacé,
Et là, de chaque issue, une balle crüelle
A son frère, à son fils, va devenir mortelle.
Ainsi nos citoyens, nos soldats étonnés,
Sous d'invisibles coups tombent assassinés ;
Et leurs vils meurtriers, ces héros magnanimes,
S'immolent sans péril de nombreuses victimes.
Vertueux jacobins, ce sont là vos bienfaits !
Enfin, pour mettre un terme à ces lâches forfaits,
Le bronze formidable, arbitre de la guerre,
Fait rouler dans Paris son lugubre tonnerre :
Vaincus, humiliés, ils quittent le combat,
Et la fuite couronne un si noble attentat.

Que ne puis-je, Philippe, effacer ces images,
Et de mes souvenirs ensemble et de mes pages !

Pardonne à ce récit qui te doit affliger,
Que j'aurais voulu taire et qu'il faut prolonger.

Comme une hydre, vivace et toujours menaçante,
L'émeute a relevé sa tête renaissante ;
Trois fois renouvelant l'essai de sa fureur,
Elle trouve trois fois sa honte et notre horreur.
Lasse de tant d'efforts, haletante, épuisée,
Et par son impuissance enfin désabusée,
Elle accorde à sa rage un moment de repos,
Utile à méditer de plus lâches complots.

Ces grands républicains, ces héros intrépides,
Fatigués de combats, se feront régicides :
Mais il leur faut un bras, un bras désespéré,
Insensible à la peur d'un trépas assuré,
Celui de Ravaillac, d'un monstre fanatique,
Pour qui tuer un roi soit un acte héroïque.
Les vieux de la montagne ont à fixer leur choix :
De nombreux candidats ils discutent les droits ;
Fieschi l'infernal, et Pepin qui le guide,
L'impudent Alibaud, et Meunier le timide,
Érigés en Brutus, se disputent l'honneur
De tenter les premiers à te percer le cœur.
Mais le dieu protecteur qui veille sur la France
Confond des assassins l'exécrable espérance.

C'était un jour de fête où le crime incarné
Epiait sa victime, à sa perte acharné.

Philippe, tu parais....., une vive allégresse
Anime à ton aspect la foule qui se presse.
Soudain la foudre éclate ; aussi prompt que l'éclair,
Le salpêtre enflammé tonne et déchire l'air
D'une grêle de plomb, dont l'atteinte mortelle
Décime autour de toi ton escorte fidèle.
O malheureux Philippe ! en plein jour, sous tes yeux,
Expirent, sous des coups qui n'étaient pas pour eux,
Tes généreux amis, brisés par la tempête,
Qui bénissent le ciel d'avoir sauvé ta tête !
Honorons leur mémoire, et que leur souvenir
A nos regrets pieux doive un long avenir.

Qui pourrait oublier la funèbre journée
Où leur froide dépouille, avec pompe traînée,
Parcourait lentement nos superbes remparts,
Triomphe de la mort, sur ses quatorze chars ! ! !
Ces citoyens émus, dont le morne visage
Contemplait les effets d'une fureur sauvage ;
Ce silence profond, que le bruit du tambour
N'interrompt qu'à regret de son roulement sourd ;
Ces soldats attristés, sous leur deuil militaire,
Portant tête et fusil inclinés vers la terre ;
Et ce long appareil des publiques douleurs,
D'une sombre pitié remplissaient tous les cœurs.
Mais tant d'émotion si long-temps contenue,
Par des gémissemens s'ouvre une large issue,
A l'aspect saisissant du cercueil virginal
Qui révèle une fille et son destin fatal.
O jeune infortunée ! à ta mère ravie
Comme une tendre fleur, au printemps de la vie !

Et tu meurs! Et le plomb a déchiré ton sein
Qui s'entr'ouvrait à peine au souffle du matin!!!
Ombre touchante, objet de regrets unanimes,
Et vous tous, d'un forfait déplorables victimes,
Modestes citoyens et guerriers glorieux,
Recevez et nos pleurs et nos derniers adieux.

Enfin, après quatre ans de troubles et d'alarmes,
La Discorde s'apaise et dépose les armes;
Calme heureux, qui permet à tes vastes projets,
Trop long-temps suspendus, d'épancher leurs bienfaits.
Oui, Philippe, à ta voix une ardente industrie
Va sillonner le sol de ta belle patrie.
Le savant que tourmente un besoin de progrès,
Prétend à la nature arracher ses secrets,
Et l'artisan lui-même, aspirant à la gloire,
Honore l'atelier par plus d'une victoire.
Les esprits sont en marche, avides d'obtenir
Et les biens du présent et ceux de l'avenir.
Nous verrons imposés aux plus larges rivières
Des ponts aériens, vainqueurs de ces barrières;
Des chemins merveilleux, où, glissant sur le fer,
Le char part de lui-même et fuit comme l'éclair;
Des canaux, unissant dans leur course féconde
Des fleuves réjouis de marier leur onde.
Une part est la tienne; on te voit animé
De ce grand mouvement, par toi-même imprimé.
Dépouillé par lambeaux de sa robe de bure,
Paris fait admirer sa nouvelle parure,
Et montre avec orgueil, aux peuples étonnés,
Ses pompeux monumens par ta main terminés.

Fontainebleau revoit ses fresques effacées
Renaître sous les doigts qui les ont retracées.
Enfin, pour couronner ces splendides travaux,
Versailles se réveille à des destins nouveaux.
Le séjour du grand roi, frappé de décadence,
Dans un vaste abandon se minait en silence,
Quand un mot de ta bouche, ou plutôt de ton cœur,
Le rappelle à la vie et lui rend sa splendeur.
Son palais se transforme en temple de la gloire ;
Huit siècles assemblés y lisent leur histoire,
Le peuplent de héros, de guerriers, de savans,
Le couvrent des tableaux de leurs faits éclatans,
Et leur riche tribut occupe tant d'espace
Que l'avenir jaloux y cherche en vain sa place.

Poursuis, prince, poursuis : tes efforts généreux
Recommandent ton nom à nos derniers neveux,
Et la France, témoin d'un éclat qui la flatte,
Envers son bienfaiteur ne sera point ingrate.
Ses enfans, enrichis des trésors de la paix,
Ne montrent à tes yeux que des fronts satisfaits.
De tes soins paternels, touchante récompense !
Heureux si, dépouillant leur native inconstance,
Et guéris des accès d'une imprudente ardeur,
Ils savent supporter le poids de leur bonheur ! ! !

L'Europe qui t'observe admire ta sagesse,
Si ferme sans rigueur, si douce sans faiblesse,

Dont les fruits précieux, recueillis tant de fois,
Commandent le respect des peuples et des rois.
Par une haute estime aujourd'hui remplacée,
De leur inimitié l'erreur est effacée ;
Mais si, prêtant l'oreille au démon des combats,
Ils réveillent un jour de funestes débats,
Ils sauront que sous toi la France rajeunie
Entretient dans la paix son belliqueux génie.
Oui, tes braves soldats, dignes de leurs aïeux,
Brûlent, au champ d'honneur, de s'illustrer comme eux.
A leur fidélité, rempart de ta couronne,
Ils ont bien mérité que ta foi s'abandonne,
Heureux de te défendre et fiers de t'obéir.
Mais, pour mieux exciter leur zèle à te servir,
Et cet esprit guerrier d'où naissent les prodiges,
Abats ce coq gaulois qui n'a plus de prestiges,
Et pose hardiment au front de nos drapeaux,
L'aigle de l'Empereur, tête haute, au repos.

Sur un trône imposant ta puissance affermie,
Qu'a-t-elle à redouter d'une presse ennemie ?
Qu'importent ces écrits conçus dans un grenier,
Qui de chez l'imprimeur tombent chez l'épicier ?
Et du corps social cet impur exutoire,
Ces journaux tout noircis de fiel et de grimoire,
De tout ce qui se fait insolens détracteurs,
Qui jettent le scandale en amorce aux lecteurs ?
Qu'ils exploitent en paix leur vénale industrie,
Par le mépris public honteusement flétric !

N'espère pas, Philippe, échapper à leurs traits ;
La haine des partis ne s'apaise jamais.
Ta vie est condamnée à subir leur outrage,
De tout nom glorieux infaillible partage.

Lorsqu'en un jour de deuil, à Saint-Denis porté,
Par une foule en pleurs tu seras escorté,
En ce moment suprême, où l'Envie interdite,
Par son silence, au moins, rend hommage au mérite,
D'un siècle tout entier la solennelle voix
Assignera ta place au rang des plus grands rois.
Et ceux qui, sans pudeur comme sans conscience,
A Philippe vivant prodiguèrent l'offense,
On les verra, changeant de langage et de ton,
Élever jusqu'au ciel tes vertus et ton nom,
Et d'éloges outrés te combler sans mesure
Pour en faire à ton fils une mortelle injure.

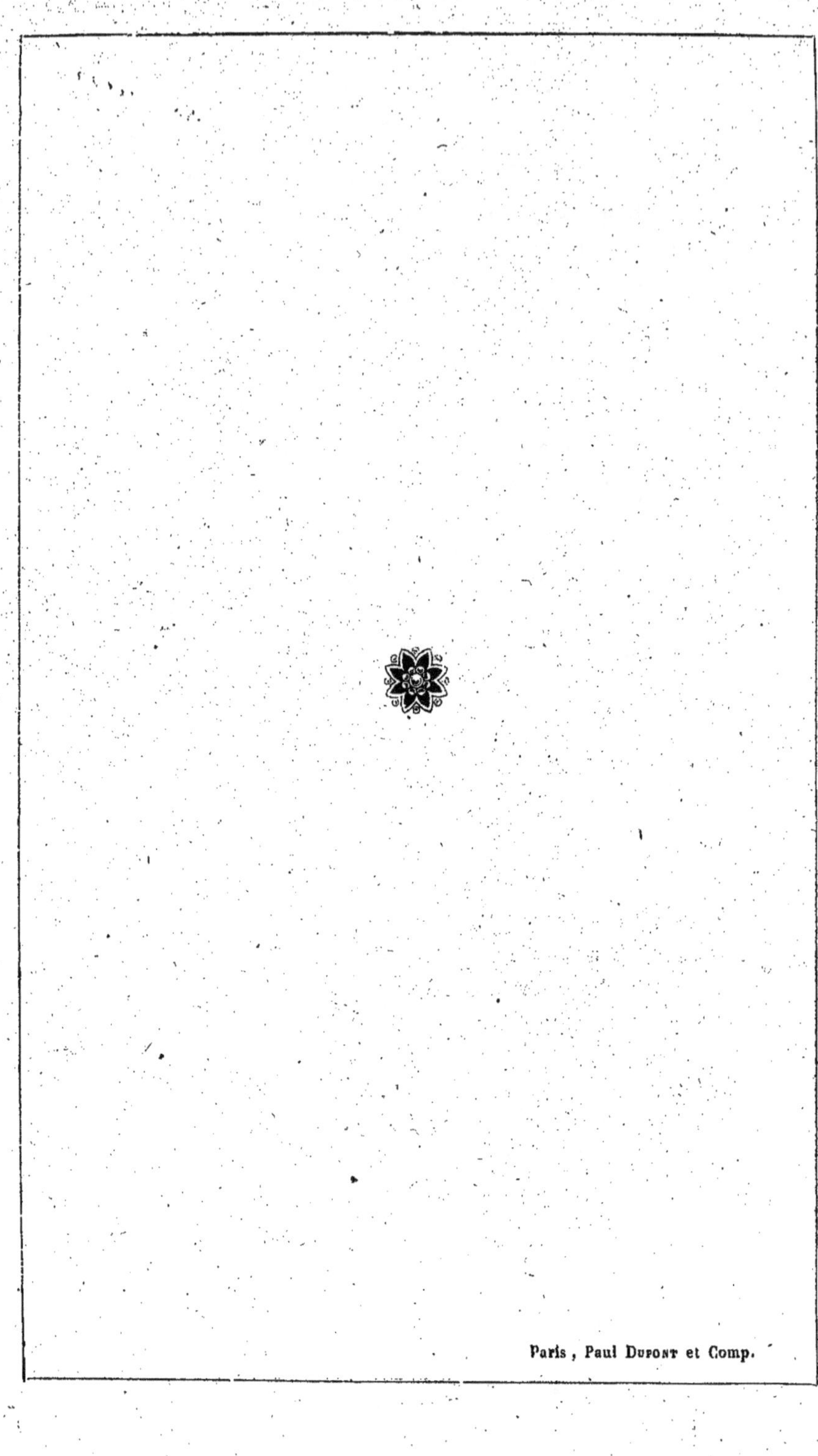
Paris, Paul Dupont et Comp.

9 782014 040883